KB141909

당신의 정면과 나의 정면이 반대로 움직일 때

당신의 정면과
나의 정면이

　　반대로
　　움직일 때

이휜
사진산문집

보기보다 읽는 것에 가까운 순간이 있다.
최소의 언어로 읽히는 광경들이.

이 책은 통상적인 산문집이나 여행사진집은 아니다.

사물의 입장을
사진으로 읽고 싶었다.
시 아닌 형식으로 시에 가까운 이야기를 담고 싶었다.

사물의 지나간 마음을 사진과 간략한 텍스트로 모으기로 했다.
사람의 음성으로 읽히기도 하는 고백들을.

각자의 호흡으로 읽어주시길 부탁드린다.

시처럼
시가 아닌 것처럼
사진처럼
사진이 아닌 것처럼
이어지는 것처럼
파편들처럼.

하나의 입장이라도 골똘히 들여다보게 되면 기쁘겠다.

곡진히 동참해준 은빛과
가족,
애정하는 나의 사람들과 처음 되고 끝 되신 분에게
긴 고마움을 전한다.

2019년 봄
이 훤

나는 심었고 아볼로는 물을 주었으되
오직 하나님께서 자라나게 하셨나니.

고린도전서 3:6

1

선과 빛, 그리고 틀

내밀하지만 익숙한 장소. 매일 지나치는 광경으로 둘러싸인 곳.

집.

카메라를 들고 다시 살핀다

렌즈를 통해
새로 도착하는 곳.

유심해지는 일은 새로움을 예기한다.

이런 생경함은 어디서 오는 걸까
매일 마주한다는 이유로 주목되지 못했던 공간에 대해
생각한다.

가장 많은 몸이 묻은 곳.
가장 많은 말을 흘린 곳.
집을 이루는 가장 작은 단위의 형태를 주목한다.

선과 빛, 그리고 틀.

가장 본질적인 기호들이 그 공간의 표정과 한 사람의 정서를
대변하고 있구나.

집의 내부를 찍기 시작했다.

사물의 사정을 들여다보고
그곳에서 사람을 듣는 작업은 그렇게 시작되었다.

Lines, Light, Frames I, 2015

이곳저곳, 몸을 두고 오는

빛처럼

기약도 없이 여러 차례 확신했던 자세를 답습한다

나를
여럿 가진 사람처럼

잃어버려도 다시 찾을 것처럼

지나온 날들에 조금 더 유심해지다 보면

우리가 우리에 유심해지다 보면

겨울이 된다 선이 되지 못한 것들은
겨울이 된다 틀을 잃어버린 사람들은 겨울이 된다
빛을 발굴하는 마음은
거울이 된다
틈 사이에 머무는 것들은 겨울이 되고
거울이 없는 곳에서 겨울은
거울이 된다 빛이 있는 곳에서 빛이 없는 것들은
거울이 된다 겨울은
버리지 못한 것들을 버리며 겨울이 된다
어느 사연의 거울로 온다

Lines, Light, Frames II, 2015

오래된 마음을 허무는 일은

천장이

천장을 차지하는 일은

사물이 최대한 오래 침묵하는 일은

사람을 상실하는 일은

상실하는 날의 얼굴을 다 쓰는 일과 잃어버린 표정을

침묵하는 일은

구태여 다시 복기하는 일과

한 번 더 일요일을 확보하는 일은

주중이 다시 오는 일은

잃어버렸던 마음을 자꾸 되찾아오는 사람에게

어떤 일들을 하는가

치

Lines, Light, Frames III, 2015

스스로에게 경보하고 있었던 것이다

더 늦기 전에 그곳에서 벗어나
곧 네가 폐쇄될지도 모르는 그 세계에서

널 함몰시키고도 아무렇지 않게 내일을 지속할 사람들로부터

움푹 패인 낮과 밤들

그 사이를 구태여 비집고 들어가 있는 사람들

휘어진 단어를 붙들고
어느 마음 앞에 자꾸 경직되는

Lines, Light, Frames IV, 2015

점은 아무리 모여도 점이 된다 끊이지 않고 모이는 날은 선처럼 나열되기도 하지만
우리는 대개 한 번에 하나의 순간만
대변할 수 있다

하나의 시절에 포괄되지 못한 것들을 오늘로부터 가장 멀리 있는 곳에 두고 온다

기억에는 출구가 두 개씩 있다

말이 모여 기억이 된다 기억이 모여 말이 된다
세계로부터
사람을 지탱하는 것들
발음되지 않아도 계속해서 말이 되고야 마는 것들
여러 세계에 속하거나 하나의 목적지에만 당도하는 것들
내부를 다 내어주는 것들
마음을
구축하고, 머물게 하는 것들
그런 것들이 모여 비로소 하나의 시절이 된다

Lines, Light, Frames V, 2015

하루에도 몇 번씩 극명하게 나뉘는
나의 명과 암을

하나도 외면하지 않을 것이다

생은 빛과 어둠의 농도 차가 만드는 긴 그림자 아니었던가

없어질 때 가장 자명해진다

명료해진다

등을 내줄 때

감쪽같이 사라져 있다

없는 것들의 방식을 빌려서

울지 않는 얼굴들

위태로운 것들이 마음을 제일 많이 만진다

등을 내주는 것들은 하얗게 질려 있거나

거의 없다

있다

Lines, Light, Frames VI, 2015

동요하는 것들만 주목되는

밤이다

우리는 우리에게 해로운 습관

어느 말을 버리고 어느 말을 간직할 것인지
어느 문을 버리고 어느 문을 지킬 것인지
다리가 되지 못한 것들과 다리가 되기로 했던 것들에 대해

고민하는 밤에는

아무것도 폐기하지 않는다
생의 각 부위가 지닌 유용을 체득 중인 것이다

Lines, Light, Frames VII, 2015

한 번만 왔던 빛

한 번의 자격

한 번의 자리

한 번의 용서와 모든 죄목

한 번만 있던 기후

한 번뿐인 사물

한 번만 왔는데 계속해서 출입하는 우리를 바라보는 것들

반복될 수 없는 노래와

반복되는 용서

쉽게 왔다 떠나는 마음을 배회하다가

사라지고 귀환하고 사라지는 일을 반복하는 것들 사이에서

Lines, Light, Frames VIII, 2015

2

패턴

모인다.
모여 이루어진다.
끌어당기거나 멀리 둔다.
각자의 방식으로 참여하는 거다. 참여되는 거다.
하나인 것들. 개별적으로 하나인 것들.
그리고 집합되는 것들.
집합되지 않은 것들이 있을까.
마음도.
사물도. 사람도.

숨이 모이고 품이 모이고 밤이 모이고 문장이 모여
우리 되듯이

계단이 모이고 기둥이 모이고 방이 모이고 그늘이 모여 하나의
풍광이 집합된다

수없는 일부가 하나 되는 사건을 생각한다

여러 몸이 완성하는
질서는
정돈된 어느 기분으로 우릴
데리고 간다

어떤 마음에서
우리를 데려오기도 한다

급기야 패턴이라는 단어를 우리는 만들었다.

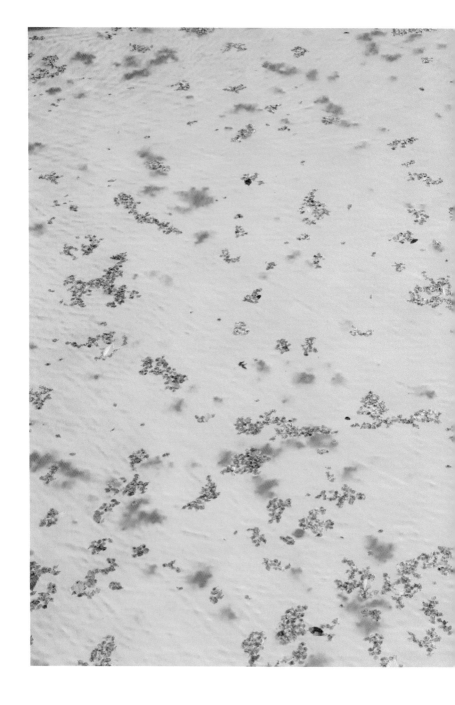

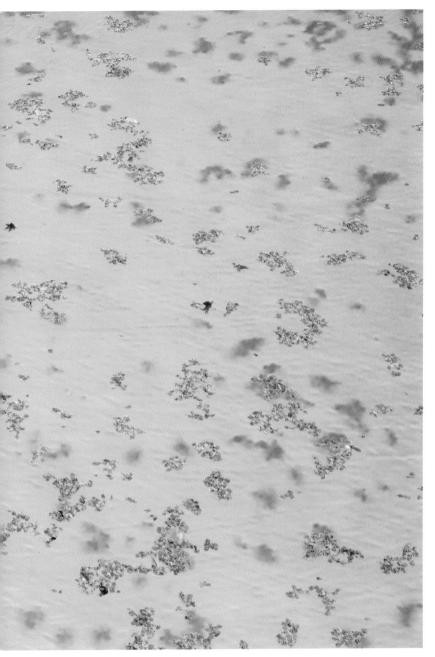

Pattern I, 2016

무 리,　라는

　　　　　이름의

　　　　　　　　　무늬

　　　　　한　시절을

　　　　　　　　덮은

우리, 라는 강가

　　　　　　그 위를 부유하는

　　　　　　　　　　것들

　　　돌아오는　　절기마다

　　　　　　　　　나를　덮어쓰는

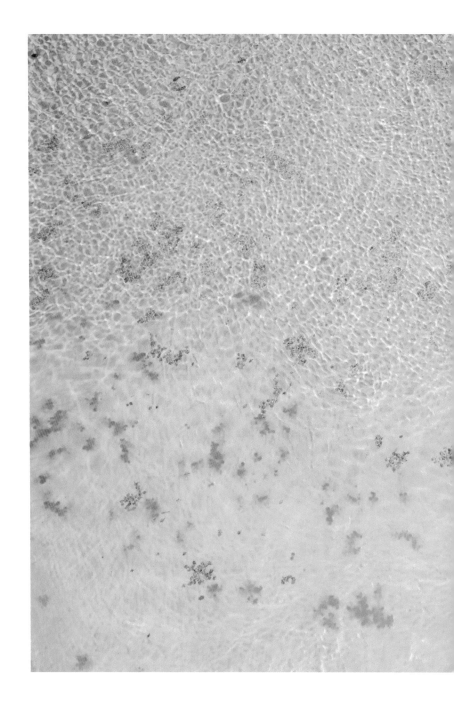

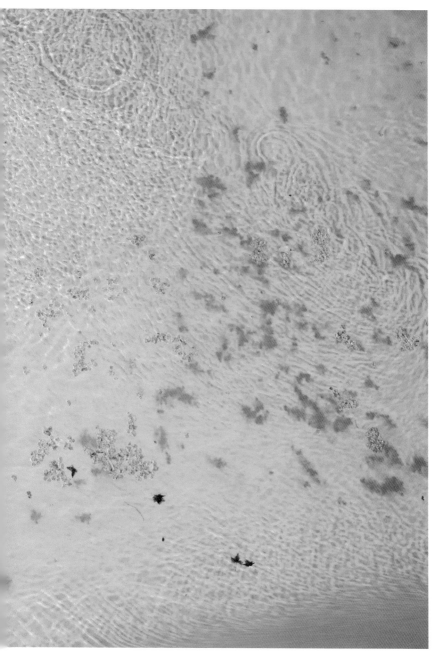

Pattern II. 2016

그러나

우리가 물처럼 흩어질 때

다시

수렴하지 못할 것처럼 서로를 벗어날 때

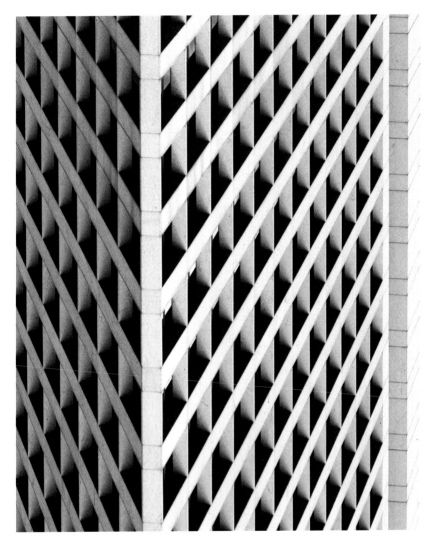

Pattern III, 2018

우리는 우리가 모아온 자세들의 총합

매일 반복하는 것들의 간극

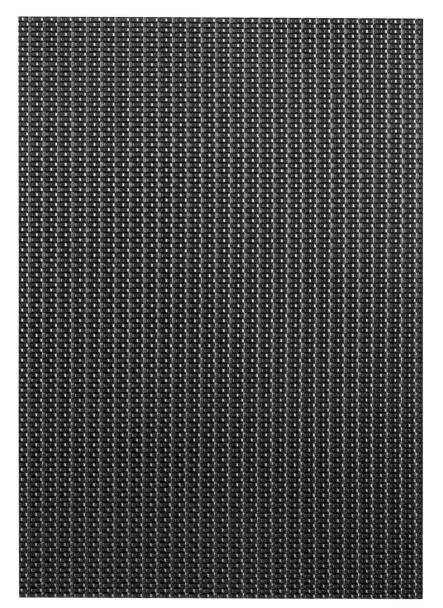

Pattern IV, 2018

Pattern V, 2018

이제껏 지나온 손잡이들의 주소

결국
오래된 의자를 들고
커다란 광장 앞으로 모이고 있는 것이다
모이는 것을 모르고
만나게 되는 것을 모르고
한 명의 건축자 앞으로
단독자 앞으로
두 개의 기쁨을 들고
의자를 만든 최초의 사람 앞으로

Pattern VI, 2016

Pattern VII, 2016

궤적 안으로
궤적 안으로
닿을 때까지 닿을 줄 모르는
기다란 궤적 앞으로

마음 앞으로
마음 앞으로
모든 걸 알아도 기다리기로 하는
하나의 마음 앞으로

한 사람을 위해 준비된 고유한 정성 앞으로

Pattern VIII, 2018

Pattern IX, 2018

Pattern X, 2016

갈라져 있다 너무 많이 갈라져 있다 흩어져 있다 너무 많이 흩어져 있다

흩어져 있기 때문에 우리는 모일 수 있다 모일 수 없어서 모일 수 있다

저마다의 생활로 퇴장하고 있다 사라진 사람들이 돌아오고 있다 마치지 못한

일들이 모여 우리를 메우고 있다

메우자마자 다시 만나기 위해 갈라지고 있다

Pattern XI, 2016

너무 쉽게,

하나의 은유로 호명되는 곳에서

우리는 골몰하고 있습니까

다수의 직관이 소신이 되어야 하는 곳에서 맞서고 있습니까

그물을 버리고 있습니까

안으로 들어가지 않아도

두 번째 이름을 흉내 내지 않아도 우리는 이제 괜찮습니까

벗어나거나

외곽이 되는 일을 옹호하는 데 기분을 다 써도

그런 일로 책망당하는 순간에도

스스로 재촉하지 않습니까

Pattern XII, 2016

어차피 우린 전부 누군가의 바깥이지만
헤매다 안으로 들어서는 것도

안을 누비다 바깥이 되는 것도 전부 사람의 일이니까

구태어 하나의 순환이 되기로 한 사람들이

모여 만드는 나선의

대화

말과 말이 맞닿는 곳에서 만들어지는

파음

심벌즈

우리가 되자
우리는 우리가 되기로 하자
그리하자 우리가
되자 우리가 되려다 우리가 되지 못해도 그리하자
우리가 될 때까지
되지 않기로 하더라도 찾자
되자 우리는
되기로 하자 우리는 우리가 되자

Pattern XIII, 2016

Pattern XIV, 2016

블랭크(Blank) : 잃어버린 마음을

찾지 못해 같은 자리를 헤매는 사람의 표정

Pattern XV, 2016

3

우산

—밖이 되기를 자처하는 일

먼저 밖이 되기로 했다고 해서 안이 되지 못하는 건 아니다.

마음을 미리 내주었던 날도 있다.

차지하는 것만 마음의 일은 아니라고 외치는 사람에게 수긍하는 손이 있다.

주기만 하던 사람이 밖으로 몸을 뻗는다.

두어 자세만으로

빠르게 단정 짓는 곳, 대가 없이 안이 되어주었던 손바닥에는

구멍이 있다.

하나의 내막이 우리를 대신하는 시간.

쏟아진다.

예고도 없이 후두두 후두두 쏟아진다.

무수한 바깥들이 태어난다.

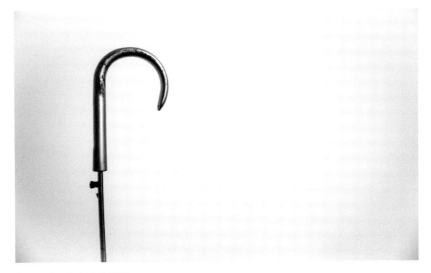

Stances of an Umbrella I, 2017

머리를 거꾸로 쥐어도 침묵하는 어느 자세

지탱하는 일을 마다 않는 이가 끝내
견고한 품을 갖게 되는 비밀

Stances of an Umbrella II, 2017

눈을 감기 전에 황망하던 세계가
눈을 감으면

닫힌다 눈을 뜨기 전에

잠든다 가난한 마음이 들린다 우리가

하나밖에 없는 이름을 부르면 나를 가능하게 하는 이름을 부르면

우산이 잘려나간다
아무도 잡히지 않는 건 손잡이가 아니기 때문이다
사람들은 스스로 쏟아버린 손잡이의 이름을 분간하지 못해서
병명이 없다

우는 자리에 용서하는 침묵이 있다

그을린 사람을
도자기처럼 다시 붙이는 손바닥에

온갖 불가능한 약속들이 있다
지나간 내가 있다 오래전 잘려나간 사람이

돌아오고 있다

우산에서 지내던 사람이 운다
우산을 안았는데
모든 비밀을 모르기로 한 이의 살 냄새가 난다

깨진 도자기들을 이름에 주워 담는다

도자기들이 손잡이가 된다

슬프지 않은 이름으로 지워진 병명을 찾아나서는 이들

Stances of an Umbrella III, 2017

Stances of an Umbrella IV, 2017

뼈 같은 표정

건강해지라는 사람이 주위에 늘었는데

자꾸 구토가 나요

혼자 있을 때 안녕한 사람들이

같이 있으면

비가 오는 날이면

몸이 벌어진 벽지처럼

빗줄기가 세계에 수십 번씩 금을 긋는 것처럼

숨죽여 들어요

비닐이

끝없이 지금과 지금을 구분하는 것처럼

우산은 굽어 있어요

휘어 있어요

나는 마음을 몰래 한 봉지씩 더 달라고 했어요

Stances of an Umbrella V, 2017

"벼랑 끝에 서 있는

사람에게 복이 있다"

(마 5:3)

Stances of an Umbrella VI, 2017

듣지 못하는 사람들의
내막이 모일 때마다

기꺼이
합류하는 것이다

벼랑을 나누어 가진 사람의 고백이 모일 때마다

비가 내리지 않는 곳에서 두 번째 기후가 돼주기로 하는 것이다

바닥에 떨어져 있는 우산들도 마음이 되는 곳에서

4

뛰어가는 다리와 지워지는 광경

턱턱턱턱턱 턱턱턱턱턱 턱턱턱턱 턱턱턱턱턱

적적적적 적적적적적적 적적적적적적 적적적적

척척척척척 척척척척척척

자벅자벅자벅 자벅자벅자벅자벅자벅

아아아아아아아 사아아아아아아아아 아아아아

사아아아아아아아아아

다리들이 사라지는 소리

한 번만 있었던 광경들이 지워진다

Fading feet I, 2018

Fading feet II, 2018

Fading feet III, 2018

Fading feet IV, 2018

Fading feet V, 2018

우리로부터 뛰어가던 건
비의 다리였을까
빗나간
안부였을까
비가 그치기 전 몰래 두고 온 말들이었을까

까닭 없이 뛰는 날도 있다

마음이라 불렀던 것들이 황급히 사라지는 거리

비가 오면 누군가 열람되는 소리가 난다

Fading feet VI, 2018

5

나무의 살갗

매일 다른 문장으로 우리가 현상되듯

나무는
자신이 잃어버린 마지막 살갗의 기억으로 갱신된다

떠나는 것들
자신을 두고 가는 것들의 외침을 들으면
몇 번씩 새로 살 수 있다

아무것도 태어나지 않는 시간은 몸을 웅크리게 하지만

부재의 시간을 지나며 나무는 나무를 통과할 수 있다

균열을 지나고
결핍을 살 수 있다

다시 돌아올 것들을 현재형으로 믿는 연습을 한다

연습을 마친다 마치며 살아낸다
살아내다가 다시 놓친다 이 같은 순환은

형상을 만든다

믿던 것들의 형상으로 우리는 자란다

바라기만 하던 자들이 이내 무언가를 믿는 자들이 된다

Skins of Trees 1, 2017

살을 다 잃어버린 날은 혼자 견디기 어려워

떨어져나가는 것들 위해 누군가 먼저 처음이 되기로 했어요

전부 다 내어주고 갔어요

그리고, 다시 돌아왔어요

Skins of Trees II, 2018

Skins of Trees III, 2018

피부가 익어가는 계절에는 뼈를 단단히 해야지

온 것들은 그대로 두어요

얼굴과 얼굴을 덧대는 일

무더운 시절에

다르게 생긴 마음이 모여 없었던 표정이 되는 일

아무런 노동 없이

그 시간이 두고 간 것들이 자라는 일

또 하나의 얼굴을 위해

끝을 모아두는 일

Skins of Trees IV, 2018

Skins of Trees V, 2018

균열만이 우리를 대변하는 것도 아니지만

Skins of Trees VI, 2018

틈을 메꾸어준 것들과

우리가 되는 데 걸리는 시간

다시 틈이 되기까지 걸리는 시간

주기적으로 분주해지는
숙명

틈 밖으로 온 것들이

우리 된 자리가

틈의 안과 틈의 밖이 비슷해지는 날까지

Skins of Trees VII, 2018

빨래라는 생태

윙윙윙. 덜커덕. 윙윙윙. 덜커덕.
덜커덕. 윙윙윙. 덜커덕.
윙윙윙. 덜커덕.
윙윙윙.

세탁기는 확신하는 쪽으로만 움직인다.
움직이는 쪽으로만 확신한다.
이 속도가 아니면 안 된다는 듯이. 미리 알아야만 움직인다는
듯이.

정확해야 성취되는 생태가 있다.

옷가지가 몸을 망각하는 꿈을 꿀 때마다

물의
친척들이
형태를 잃어버리는 꿈을 꿀 때마다

세탁기는 태몽을 반복하는 데 몰두한다. 반복할수록 흐릿해지는 것들.

어느 기억은 존재의 처음이 되거나 마지막이 된다.

결말을 되짚지 않아도 있었다는 사실만으로 괜찮은 일이 있다.

옷가지에게나 물에게나 퍽 중요한 일이다.

날개에 잘리는 꿈을 꾸었어

운이 좋으면, 우리는 다시 같은 몸으로 태어날 수도 있어

Laundry I, 2018

물의 종국에는 물만 있다

물은
물로 태어나서
물에 둘러싸인 곳에 살다가
물이 없는 곳에서 물 아닌 것처럼 살기도 하다가
물로 죽는다

잃어버린 몸이 다시 돌아온다

물로 다시 태어난다

새로운 세계에 도착할지도 모른다는 낙관은 노력으로 취할 수 있는 게 아니어서

마음은 이따금 스스로 발발하기 어려운 것이어서

물은 물의 일만 할 뿐이다

끝내 물이 되기로 할 뿐이다

분명 함께였는데 깨고 나면 아무도 없는 날

Laundry II, 2018

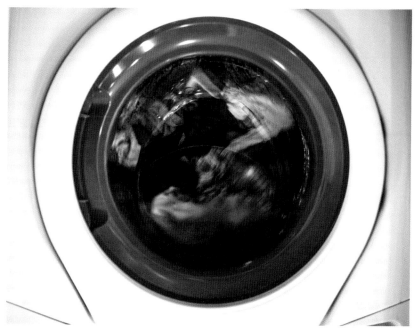

Laundry III, 2018

세탁기는
물이 느끼는 환희나 권태에 관심이 없다

옷가지는 접혀 있을 때만 스스로의 기억을 되짚어볼 수 있다

뼈가 없는 사물들의 비애

그곳에는
근육도 힘줄도 숨구멍도 하나인 것처럼 구겨져 있다

마음을 보려면
마음이 부러져야 한다

부러진 것들이 다 복기되는 건 아니지만,
그런다고
기억의 연골들이 전부 사라지는 것도 아니지만

Laundry IV, 2018

Laundry V, 2018

둥지로 돌아오는 새들이 수십 번씩 어깨를 들이미는 것처럼

되돌아오는 마음들은

비슷한 자리로 회귀하고

남아 있는 사람들은 같은 표정을 짓지 못한다

그래도 살 수 있다

덜 괴로워하거나, 밀쳐내고 망각하거나, 최선으로 흉내를 내다 보면, 내다 보면

스스로

궁핍해지는 자들이 앓는 병명

사실은 넉넉하지 못해 초대되는 문장이 대부분이지만

그런 식으로

어떤 은유는 다시 써진다

한 시절이 갱신된다

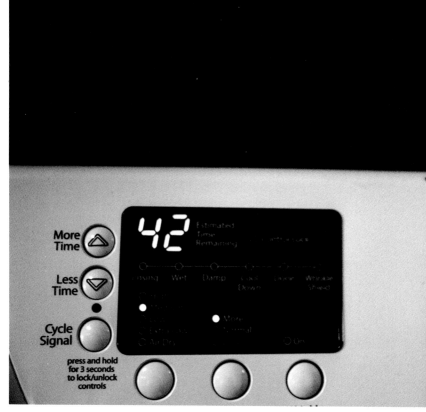

Laundry VI, 2018

질서들만 우릴 지키고 무엇도 지키지 못하는 세계
정확해져야 같이 있을 수 있어

옆에 있는 기분을 살피거나 헤아릴 겨를이 없는 속도로

우리는 다 함께 짓고 있다

한 번도 그것을
끝까지 지켜보지 못하면서

Laundry VII, 2018

37년간 같은 병동에서 일한 간호사가 묻는다
집에 가고 싶으시죠?

저도 겨울만 되면 눈이 쌓여 있는 곳으로 가고 싶어요

날개가 돌아가는 소리

의사가 들어와 커튼을 걷는다
생활은 하실 만하세요?

환자들이 앉아서 얼음을 몇 컵째 먹고 있다 아이 선생님, 찬 건
드시지 마시라니까요

차가운 것만 찾는 사람들, 이내 녹아버리기라도 할 것처럼

한 손에 쥐고 있던 닭 날개를 두고
컵을 내려놓고 환자들이
검진을 위해 퇴장한다

환자복이 닭 비계처럼 쌓여 있다

구겨져 있던
흰 요들을 하나씩 개어 정리하고
간호사가 퇴장한다

빨래를 하는 날, 털을 다 내어준 옆구리처럼 병동 밖 언덕이 녹
고 있다

7

물의 낮

반복한다. 하나의 순환을 반복한다. 바다는
부서지고 다시 지어지고
밀려온다.
또 부서진다. 매일 다른 방향으로
지어진다. 자꾸 지어진다.
끊임없이

던진다. 버린다. 버렸던 곳을 던지고
던졌던 곳을 버린다.
머리를 내주고 허리를 내주고 순환의 의미조차
짓고 부수기를 반복하면
순환의 일부가 된다. 빈 순환이 된다
바다는
이윽고 바다가 된다.
저도 모르게 바다가 된다.
이것은 낮이나 밤, 어느 하나의 시간에 존속되는
일은 아니지만 우리는 대개 낮만이
다시 지어지는 시간이라
착각하므로
물의 낮이라 말해둔다.

매일 비슷한 표정을 짓고 있다 보면

그게 얼굴이 된다

Days of Water I, 2014

가운데로 들어가면

정 가운데로 들어가면

어떤 날은 저를 제외한 모든 것이 있다

저 자신만 없다

물의 낮에는 물만 없다

흐르기 위해 물은 물을 밀어낸다

물이 사라진다

사라진 곳으로

다시 들어온다 물이 물로 대체된다 가운데를 내주며

바다는 가능해진다

최초에 밀어냈던 것들이 다시 몰려온다

지나간 약속이 되기 위해

초대하는 것들이나

초대되는 것들이나

저의 자리를 찾아가고 있다

물이 차고 있다

물이 있는 곳으로 물이 없어지고 있다

물이 없어지는 곳에 물이 있고 있다

Days of Water II, 2015

Days of Water III, 2015

지어지는 일이 슬픈 건

지어지고 나면

다시 부서질 거라는 걸 알고 있기
때문일까요

Days of Water IV, 2015

또다시 지어질
것을 예감하기 때문에,

또다시 되찾을
육체를 예감하기 때문에,

지어지는 일보다 부서지는 일이
더 기쁜 걸까요

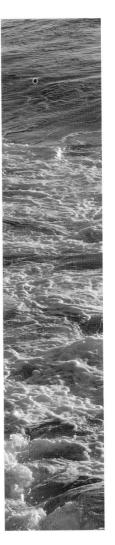

Days of Water V, 2015

부서진다, 부서지다 지어진 것들이 부서진다, 부서진 것들이
지어진다, 지어진 것들이 부서지다 지어진다, 지어진 것들이 다시
부서진다,

지어진다, 부서진 것들이 지어진다, 지어진 것들이 부서지다가
다시 지어진다, 부서진 것들이 지어지다가 다시 부서진다, 다시 지
어진다,

부서진다, 부서지다 지어진 것들이 부서진다, 부서진 것들이
지어진다, 지어진 것들이 부서지다 지어진다, 지어진 것들이 다시
부서진다,

지어진다, 부서진 것들이 지어진다, 지어진 것들이 부서지다가
다시 지어진다, 부서진 것들이 지어지다기 디시 부서진다, 다시 지
어진다,

지어진다, 부서진 것들이 지어진다, 지어진 것들이 부서지다가 다시 지어진다, 부서진 것들이 지어지다가 다시 부서진다, 다시 지어진다,

부서진다, 부서지다 지어진 것들이 부서진다, 부서진 것들이 지어진다, 지어진 것들이 부서지다 지어진다, 지어진 것들이 다시 부서진다,

지어진다, 부서진 것들이 지어진다, 지어진 것들이 부서지다가 다시 지어진다, 부서진 것들이 지어지다가 다시 부서진다, 다시 지어진다,

Days of Water VI, 2016

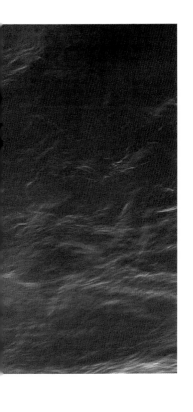

낱개의 우릴 모으고

모으고 또 모아,

모으고 또

모으고 또 모아

낱개의 나를 모으고

모으고 또 모아,

모으고 또

낱개의 당신을 모으고

모으고 또 모아

모으고 또 모으고 모아

어떤 마음은 부서질 때만 다 들을 수 있다

마음이 마음을 성취하고 있다

바다가 바다를 성취하고 있다

다시 오고 말 것처럼

성취되고 있다

몸과 몸 사이에

어제가 들어갈 만큼의 틈이 있다

부서져도 다 사라지지 않을 만큼만 열렸다가 닫히는

Days of Water VII, 2017

8

신의 몽상

신들이 오후를 여러 자세로 지난다

목을 수직으로 뻗고 있거나

자는 척을 하고 있다

바닥에 머리를 거꾸로 대고 있기도 하고 무릎을 풀어헤친 것처럼 엎드려 있다

바닥을 떠났다 돌아오는 기울기를 반복한다

떠나는 자에게는

귀환을 거듭하는 숙명과

마음의 고도밖에 허락된 게 없다

신은
생각하는 생각을 한다

몽상한다

다른 사물의 체위를 상상한다

신의 오후는 그렇게 한 번도 가본 적 없는 곳으로 도착한다

The Daydreams of Shoes I, 2018

바닥을 떠난 적 없는 이가

한 번도 바닥을 밟지 않는 생활을 목격할 때

사과와 심장과 어느
단어의 질감을 흉내 내는 꿈

The Daydreams of Shoes II, 2018

자음 하나 없이 맥박으로만 말하는 것들의 오후

The Daydreams of Shoes III, 2018

The Daydreams of Shoes IV, 2018

우리는

전부

나름대로의 초록.

한 사람에게는

충분한

초록.

초록이었던 초록.

초록이

아니라 해도

초록이기 전부터 초록.

The Daydreams of Shoes V. 2018

회로가 움직이는 시대를 지켜보는

비非회로 물질들의 근심

버림 받는 태생들의 예감은 어디서 태어
나는가

The Daydreams of Shoes VI, 2018

9

초록과 개별적 초록

앉는다

듣는다

창 너머로 건너와 내려앉는 소리를 듣는다

만져본 것 같은 목소리를 받아 적는다

거실에 없는 거실을

볕에 없는 볕을

식물들의 불가능한 양식을

초록들은 이다지도 개별적으로 초록이다

이파리를 만질 때 들리지 않아서 자꾸 물 주는 생각이 있다

마주친 적도 없는데

지나온 곳마다 자라는 커튼이 있다

거의 들리지 않는,

창 하나를 사이에 두었을 뿐인데, 하나도 들리지 않는.

알레아프 알레아프

겨드랑이가 겨드랑이를 파고들 때

음성이 음성을

마음이 마음을 관통할 때,

우린 알레아프 알레아프

Green, Their Very Own Green I, 2018

이렇게 많은 둘레가 가능했던 건

우리 길러온 언어가 전부 불가능한 것이어서였을까

Green, Their Very Own Green II, 2018

하나의 말이 다른 말을 뚫고 나오는 힘으로

줄기가 줄기를 뚫고 나온다

한 세계의

외벽을 뚫고 나온다

·뚫리지 않는 것들 사이로 태어나는 것들은 다 눈을 감고 있다

시키지 않아도

빛이 있는 쪽으로 머릴 드미는데

머리가 없어 빛은 어디에나 있다

초록으로 들어갔다가 초록으로 나온다

여태

태어나지 못한 것들이

가진 적 없는 생을 향해 말을 기르고 있다

Green, Their Very Own Green III-IV, 2018

볕이 깨지고

잎이 깨지고

새 잎이 태어난다

새로 태어나는 것들 주위에는
죽은 것들로 지은 집이 있다

척추처럼

볕이 되기 직전의 이파리처럼

볕이 태어난다

우리는 안으로 굽는다

서 있다 끝까지

기둥처럼

볕들의 깃처럼

Green, Their Very Own Green V, 2018

움직이는 것들을 계절이 발음하는
소리
슬그머니 마음이 목격되거나
읽히는 소리
허공이
누군가의 영문으로 가득 차는 소리
이내
허공으로 지워지는 소리

어느 다짐으로도 도착하지 못한 곳으로

어느 다짐으로도 도착하지 못한 곳으로

어느 다짐으로도 도착하지 못한 곳으로

Green, Their Very Own Green VI, 2018

Green, Their Very Own Green VII, 2018

생각해보면 우리는 한 번도

둥글게 깨지지 않은 적이 없어

대나무야 대나무야 빈 품이 필요해

너의 몸에 비밀을 채운다 치부를 두고 온다 나는 과오가 많은 사람

숲이 필요해

마음이 두 개만 모자라도 숲을 이루었다 해결되지 못한 마음이 몸에서 자꾸 자라거든 너의 안부가 그래서 자릴 잃거든 이 약속을 버리렴 발설되렴 아무도 없는 곳에 얼굴을 버리렴 어떤 오해는 계속 비대해지므로 일찌감치 자르렴

우리의 몸은 이전에도 했던 실수

대나무야 대나무야 너의 비밀은 누구에게 의탁되니

당부할 수 있는 날만 널 찾는
비목도
언젠가 누군가의 품이 될 수 있을까

사라지는 것들을 위해 독백은 존재하지 독백을 위해 사람들이
사라지는 게 아니라. 염치는 버릴 수 있는 열매가 아니지만 속내를
자꾸 버리다 보면 우리도 언젠가 온전해질까

부탁받지 않은 감정들이

자란다 자라는 사람도 모르게
과오가 없는 사람이라는 말과 비밀이 많은 사람이 동의어처럼
들리는 날

가지처럼 붙어 있지 않아도 어깨가 된다

Green, Their Very Own Green VIII, 2018

당신이 선택한 하나의 방향이 나의 모든 전말이다

그러나 그리하지 못할 때까지 우리는

지켜온 두 손을
세워서

우리를 둥글게 말아서

마음에 또 하나의 마음을 덧대어서

알레아프 알레아프

알레아프 알레아프

Green, Their Very Own Green IX, 2018

10

물을 흉내 내는 사물들

물을 흉내 내는 일은
물의 습관을 모방하는 방식으로 이루어진다

지나친 적 있는 형상이

자신의 과거였다고 믿거나

철저하게 자신을 모를 때에만 이뤄진다

사물을 흉내 내는 일은

사실

흉내 내는 주체도
흉내 내는 대상도
자신의 방식으로만 이해할 수 있다

그곳에 당도할 때만 분별될 수 있다

Water-Emulants I, 2018

우리가 돌이라고 생각한

적이 있어

녹지 않는 몸을 갖지 못해 슬퍼한
적이 있어

살기 위해
아무 가까운 품에나 밀착한 적이 있어

Water-Emulants II, 2018

Water-Emulants III, 2018

너무 유연해지거나

너무 단단해지면

우리가

없어질 거라고 생각한다거나,

최초의 슬픔은 얼마나 많은 나를 잉태할는지

먼저 가

우리는 언젠가
비슷한 질감의 영혼을 갖게 될 거야

Water-Emulants IV, 2018

Water-Emulants V, 2018

흐르는 어깨를 소원하는 날은
창을 보고 싶었어

전구를 보고 있었어

튕겨 나온 광경들을 보고 있었어

몸 없이도

몸을 갖는 빛을
보며

서 있는 자리를 지키거나
밖을 밀어내는 일만

우릴 구원할 수 있다고 생각하기도 했어

Water-Emulants VI, 2018

Water-Emulants VII, 2018

흘러내리는 일은 늘 위에서 아래로 성취되었고.

11

면

한 공간에 존재하는 면들

하나의 수직을 성취하고 있는 사물들

몸을 세우거나
접어서,
열거나 그리고 닫아서, 포기 않는, 면이라는 태도를 관찰한다

반복되는 태도가 구축하는 신념을 생각한다

벽으로
창으로 문으로
틈으로 구석으로 가장자리로
어깨로 이름으로
어귀로

존재하는 것들

멈춘다. 그리고 다시 움직인다.

응시하고
닫고
입장하게 하는 것들 사이에서

찍다 말고 그들처럼 한자리에 서 있거나 열려 있기도 한다

Facets I, 2015

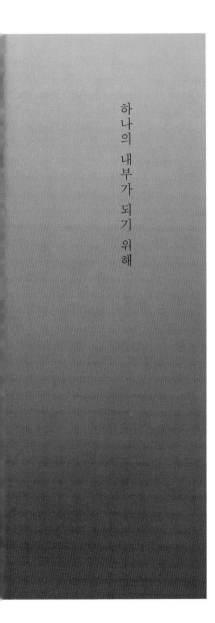

하나의 내부가 되기 위해

지나야 하는 비물질들의 물성

실핏줄처럼

　　이어지는

　　　소식들이

　　　　모여

　　　　　한 사람의 너머가 되는 곳

Facets II, 2015

납작한 표정
납작한 생활
영원히는 가능하지 않은
안녕
영영 한 사람의
모서리가 된 사물들
사연이 되기엔 너무 많거나 흔한 마음
끝내 없고 마는
사건
저녁만 되면
단어를 기다리는 사람들
단어를 기다리는 사람을 기다리는 사람들

읽은 문장을
하나도 버리지 못하는 우체부
문장이 없어 문장을 훔치는 자와
마음이
저지르는 일들
시간이 없어 시간을 구매하는 노동자들과
아침과 저녁 사이로 사라지는 우편
이미 깨뜨린 접시
두고 온 우산

이따금 보호되지 못하는
어느 날의 단면들

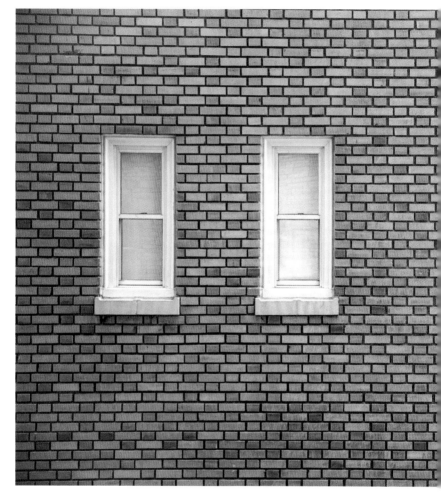

Facets III, 2015

입구가 여럿인

마음이 질문 몇 개에 열리고 닫히길

반복하고

사람이 사람을 나간다

벽이 벽을 나간다

벽으로 나갔다

문처럼 생긴

창으로 나갔다

창을 열고 밖으로 나갔다

아무도 모르게 들어왔다가 돌연 다시 나갔다

기척 없이 나갔다

마음이 나갔다

내가 없는 곳으로 갔다

이상하지 우리가 스스로 발생하는 방식은

우리로부터 세계가 달아나는 방식은.

아무도 앉지 않은 의자들이 여태 차지되길 기다리고 있다

서 있는 것들이 누울 준비를 평생 하고 있다

Facets VI, 2015

Facets V, 2015

빛을 모으고 어둠을 밀어내는 일에 동참하기로 했어요

떠나는 얼굴과 돌아오는 얼굴이

동일해지기로 다짐한 사람에게

약속했던 첫 부피로

Facets VI, 2015

12

마음의 질감

어떻게 이리 다른 마음을 우리는 갖게 되었을까

마음의 질감은 어떻게 분간할 수 있을까

한 번도 마주친 적 없는

표면이나

사람의 구도가

우리의 한때를 불러오는 방식이,

잃어버린 정물의 감각들이

세세하게

오늘의 기분을 대변하는 날도 있다

어떤 날의 우리는 임의적으로 정확하다

Textures of Human I, 2018

말이 사람을 떠날 때
직감하기도 하는 것이다

다시는

이전으로 돌아가지 못할 수도 있어

뒤집어진 마음만

가질 수 있는 질감

그런 체위들이 완성할 수 있는 문장과

생활의 구조

숨,

자세들

Textures of Human II, 2018

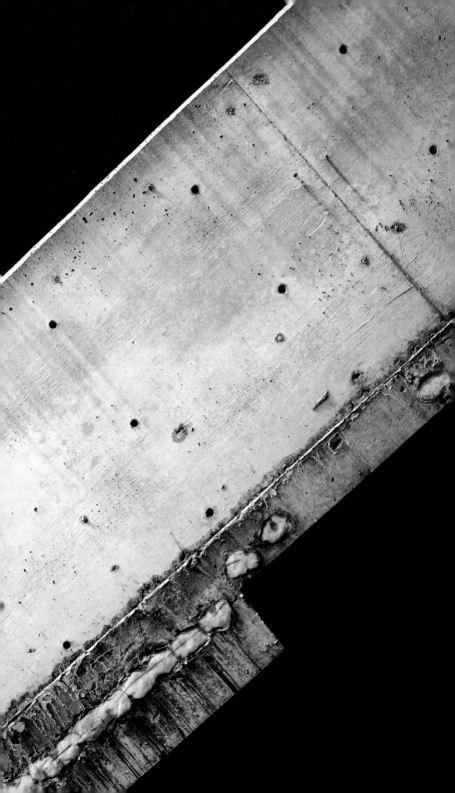

Textures of Human III, 2018

기둥처럼 서 있는 소란

한 시절이 다하기 전까지만 지킬 수 있는 침묵

Textures of Human IV, 2018

마음 없는 것들도 맘을 포기하는
선택을 한다

등 뒤로 어제의 돌기를 가리거나

이미
외우고 있는

어제의 구조를 반복하며 지내거나,
아무도 알아차리지 않는 방식으로

폐허에도 다정이 있다,

자신만 이해하는 방식으로 성립할 뿐

배제되는 방식을 선택할 뿐

Textures of Human V, 2018

Textures of Human VI, 2018

13

눈

도착하는 눈은

마지막을 미리 예감한다는 듯

힘 하나 들이지 않고

순종한다

사라진다

뒤집힌 정면으로

거꾸로 살게 되는 소원으로

도착하자마자 사라진다

영원한

외곽으로

빈터의 주인으로

온다

오래 있을 수 없을 걸 알면서

끝내 있기로 하는 의지는 얼마나 힘이 센가

나는 가끔 이 세계의 안이에요 그리고 영영 바깥이에요

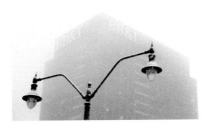

Frost I, 2018

Frost II, 2018

당신의 정면과 나의 정면이
반대로 움직일 때

거의 당도했는데 사람들이 자꾸 떨어지고 있다고 할 때

밖에는 치우지 않은

눈자락들이 쌓여 있다 우리는

양말을 신지 않으면 감기에

걸리기 시작했다 감기에 걸려 코가 막힌

사람들이 눈이 거의 다 녹은 병원

앞으로 모여 기다리고 있다

동네에 의사가 몇

없어서 털어놓을 게 많은 사람들이

정직하게 감기에 걸린

몇 가지 이유에 대해 이야기

하고 있다 무어든

털어놓을 준비가 됐을 때 우리는

거의 다 녹은 상태

커튼이 열리고

간호사가 접수를 받기 시작하는데

뒤늦게 양말을 꼬박 챙겨 신기

시작한 사람들이 슬슬

자리를 찾아 헤맨다

눈사람이 거의 사라졌다

의사가 진료실 청소를 마치고

양말을 신기도 전에

하얀 진료 노트를 건네받는다

종이를 넘기는데

눈밭 치우는 소리가 난다

Frost III, 2018

Frost IV, 2018

새 몸을 얻게 된

눈들이

도착하는 순간

새 몸을   콘크리트에

잃어버린

317

새 몸을   콘크리트에

잃어버린

Frost V, 2018

문과 문

틈과 틈

　　　　　　　바람과 바람

기둥과 기둥

지붕과 지붕

두고 온 너의 몸을

애써 전부 다 기억하려 하지 마

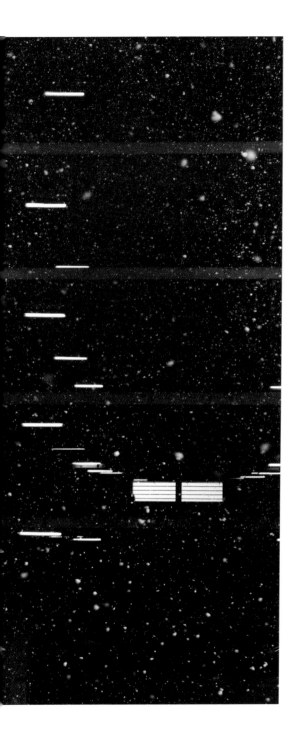

Frost VII, 2018

누군가는 공터라 부르는 곳으로 우리는 온 힘을 다해 모였다. 아무도 없는 곳으로. 아무도 없어 있을 수 있는 곳으로. 무리가 될 때까지. 여러 자루의 마음이 한 사람의 변명을 지울 때까지. 일인분의 안온을 되찾을 때까지, 고로 모두의 안온을 확신할 때까지, 우리는 내렸다. 내리거나 사라지거나 다시 내렸다.

Frost VIII, 2018

14

물의 밤

물은 물에게 무엇이 될 수 있을까. 물이 되기 위해
무엇을 할 수 있을까
무얼 했어야 할까

물의 윤리를 생각한다

물의 밤을 상상한다

사람의 일까지 떠내려 온다

사람은 사람에게 무엇이 될 수 있을까. 사람 되기 위해 무얼 할
수 있을까
무얼 했어야 할까

끔찍한 일들 사이에서

의연하게 살고 있다
잠겨 있다
끝내 부풀어 올라 깨지는 탄식을 본다 물의 윤리를 떠올린
다.물을 지우는 사람들이 도망치고 있다
탄식이 무엇을 할 수 있을까. 무얼 깨뜨릴 수 있을까

가까스로 달아난 사람들만
안으로 드는 함몰

물은 물에게 무엇이 될 수 있을까. 물이 되기 위해 무얼 할 수
있을까
무얼 했어야 할까

자정이 되면 거의 스스로를 감출 수 있다

물은 가장 아래에 있는 저를 들어 몸을 닦는다. 또 한 번 물이
되기 위해서다.

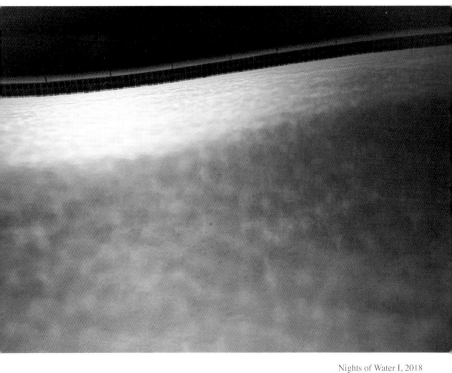

Nights of Water I, 2018

숨는다

물 아닌 것들이

물의 흉터를 물에게 나무란다

흉터 난 자에게 흉터를 증명하라 한다

보이지 않는 시간이 올 때까지 기다리면 아무도 없는 곳으로
갈 수 있다

보이지 않는다 해서 감춰지는 것도 아니지만.

물 아닌 것들에게

물은

잘려나간다

속으로부터 떨어져 나가다 보면 물이 된다 또 하나의 물이 된다

살기 위해 안으로 함몰되기로 하는 거다

안에서 안으로 깨뜨리는 거다

외부에서는 잠깐의 순간이지만

물에게는 한 생의 일이다

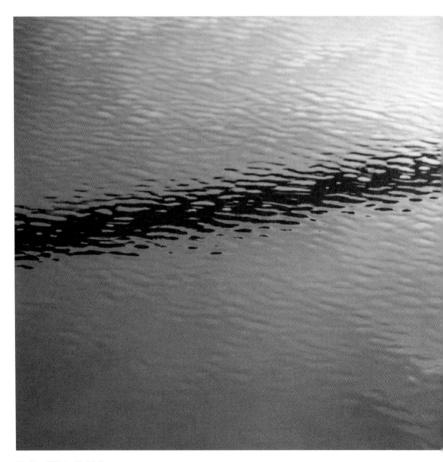

Nights of Water II, 2018

종국에는 두 세계만 물에게 성립되었다

스스로의 바깥,

그리고, 저의 품 안.

물 밖에서 들여다보는 것들이 물을 가로지르고 있으나

수없이 잘라내고 있으나

Nights of Water III, 2018

Nights of Water IV, 2018

하나의 탄식이 다른 탄식을 껴안고
그 탄식이, 탄식 너머 탄식을 붙들 때

잠겨 있던 속내들이 바깥으로 밀려나기 시작했다

우리는 서로에게 어떤 속내가 되지 말자
서로에게 어떠한 속내도 되지 말자
서로에게
서로가 아닌 무엇도 되지 말자

우리는 서로에게

서로가 아닌

어떤 속내가 되지 말자
어떠한 속내도 되지 말자
서로에게
무엇도 되지 말자

우리는 서로에게 어떤 속내가 되지 말자
서로에게 어떠한 속내도 되지 말자
서로에게
서로가 아닌 무엇도 되지 말자

Nights of Water V, 2018

마침내

우리는 우리에게 수렴하기 시작했다

기포의 얼굴로

수축했다 이완하는 오해의 살갗이나

뼈들로,

받아 적기에는
너무 빠르게 사라지는 비유로,

모함으로

물은 있게 된다

물이 아닌 것처럼, 다시 물인 것처럼
있게 된다

15

백의 세계

빛과
가장 근접한 색.
육체 없는 것들 가장 가까이 있는 색.
없음의 색.
있음의 색.
전부 있음의 색
거의 없음의 색.
최초의 색.
단독자의 색.

백白의 세계에서는

여분의 것만 전시된다. 거의 없는 상태. 전부 있는 상태.

처음에 대해 생각한다.
첫, 이 시작하는 것들의 체위와 시작한다, 는 말의 범위까지.

또, 백의 세계.

백의 세계는 아무 얼굴도 없다. 온갖 얼굴이 있다.
시는 아무 얼굴도 없다. 온갖 얼굴이 있다.
나는 아무 얼굴도 없다. 모든 얼굴이 있다.

그리고 다시,

첫 표정

있다,
애써 있다.
있다,
애쓰지 않아도 있다.
있다.
거의 있다.
있다.
있기로 해서 있다.
있다.
없기로 해도 있다.
있다.
있다.

Bodies of White I, 2017

Bodies of White II, 2017

혼자 있는 것들은 복수의 기쁨을 그리워하지만

그렇다 해서 마음 내주는 일을
겁내지 않는 건 아니다

부서질까봐 자세를 바꾸지 않는

사물의 마음을 희다고 해도 될까

천장 없는 곳에서 떨어지는 것들이

도착하면 비로소

천장을 배우게 되듯이

반대편에 있을 때만 가닿을 수 있는 마음이 있다

Bodies of White III, 2017

무엇을 더하지 않아도 우리가 가능해질 때

Bodies of White IV. 2017

지키고 싶은 마음과

움직이고 싶은 마음 가운데서

우리는 어떤

조형이 될 수 있을까요

어떤 매개도 되지 않아도 괜찮을까요

획득하는 것만 소명을 다하는 일이라 생각했던

사물들이

자리와 자리를 구분하지 못해

시간 앞에 휘어져 있다

버릇인 것처럼

부러져 있는 시간도

둥글어지는 날의 일부였다고 하고 싶은 날이 있다

의무로 지은 집이 있다

바깥에 두어 지키지 못한 곁이 있다

헐은 말이 있다

사용되는 날의 표정만

성취하고 있는 이들의 하루가

꺾이고 있다

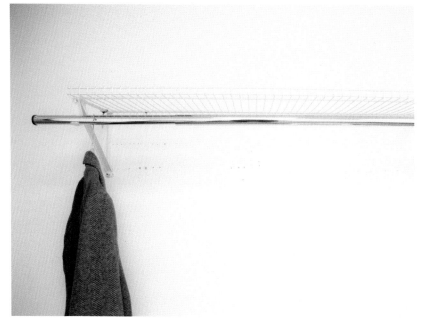

Bodies of White V, 2017

Bodies of White VI, 2017

거의 잘려나간

언어나

거꾸로 서 있는 마음,

반대로 자란 것들

반대로 말하는 사람들

반대로 읽는 얼굴

그런 곳에서만 채집되는 빛도 있지

Bodies of White VII, 2017

높은 말보다

안쪽에 쥔 말을 쓰고 싶어

우리 대신 살아가고 있는 문장들의 행방을 찾고 싶어

시작하고 싶어

사전이 꺼낸 적 없는 전구를

이름 없는 컵의 손잡이를

눈물을 미행하는 일을 위해 울고 싶어

호명되고 싶어

호명하고 싶어

목격하고 싶어

남아 있는 이름을 골라 사라져버린 결말을 지속하고 싶어

지속되고 싶어

그러나 방치되고 싶어 생활에서 빠져나와

시가 되고 싶어 다시

사람이 되고 싶어 매일 다른 입장으로 입장하고 싶어

자격 없이도

매번 있던 장면이 되고 싶어

전부 사라지고 나면 떠오르는 첫 얼굴

Bodies of White VIII, 2017

당신의 정면과 나의 정면이 반대로 움직일 때

2019년 5월 2일 초판 1쇄 발행
지은이·이훤

펴낸이·김상현, 최세현
편집인·정법안
책임편집·손현미 | 디자인·이훤, 김애숙, 임동렬

마케팅·임지윤, 김명래, 권금숙, 양봉호, 최의범, 조히라, 유미정
경영지원·김현우, 강신우 | 해외기획·우정민
펴낸곳·(주)쌤앤파커스 | 출판신고·2006년 9월 25일 제406-2006-000210호
주소·경기도 파주시 회동길 174 파주출판도시
전화·031-960-4800 | 팩스·031-960-4806 | 이메일·info@smpk.kr

ⓒ 이훤(저작권자와 맺은 특약에 따라 검인을 생략합니다)
ISBN 978-89-6570-799-8 (03810)

- 이 책은 저작권법에 따라 보호받는 저작물이므로 무단전재와 무단복제를 금지하며, 이 책 내용의 전부 또는 일부를 이용하려면 반드시 저작권자와 (주)쌤앤파커스의 서면동의를 받아야 합니다.
- 이 책의 국립중앙도서관 출판시도서목록은 서지정보유통지원시스템 홈페이지(http://seoji.nl.go.kr)와 국가자료공동목록시스템(http://www.nl.go.kr/kolisnet)에서 이용하실 수 있습니다. (CIP제어번호:CIP2019014915)
- 잘못된 책은 구입하신 서점에서 바꿔드립니다. • 책값은 뒤표지에 있습니다.

쌤앤파커스(Sam&Parkers)는 독자 여러분의 책에 관한 아이디어와 원고 투고를 설레는 마음으로 기다리고 있습니다. 책으로 엮기를 원하는 아이디어가 있으신 분은 이메일 book@smpk.kr로 간단한 개요와 취지, 연락처 등을 보내주세요. 머뭇거리지 말고 문을 두드리세요. 길이 열립니다.